# SANGA

(poemas)

Cuti

# SANGA
(poemas)

MAZZA
edições

1ª reimpressão

*Capa:*
Lizar
(óleo sobre tela - 2m X 1,50m)

*Projeto gráfico:*
Zé Pessoa

*Foto/orelha:*
José Luis Carmanhães

*Composição eletrônica:*
Maria Carmelita Ferreira Andrade

Dados Internacionais de Catalogação na Publicação (CIP)

Cuti
C988s Sanga : poemas / Cuti. – Belo Horizonte : Mazza Edições, 2002.

96 p.

1. Poesia brasileira. II. Título

CDU: 869.0(81)
CDD: B869.1

*Produção gráfico-editorial:*
**Mazza Edições Ltda.**
Rua Bragança, 101 – Bairro Pompéia – Tel: (31) 3481-0591
30280-410 - Belo Horizonte – MG

*Para*
*Geni Guimarães*

# Sumário

## *Poemas para ler e sentir*

Maria Nazareth Fonseca[1]

O livro de poemas *Sanga*, de Cuti, coloca-nos frente a frente com questões da realidade social brasileira, mesmo quando celebra o amor ou aborde, de forma mais contundente, as relações entre homem e mulher e a atração entre macho e fêmea. A questão social transparece nos poemas quando se denunciam as condições impostas pela sociedade para camuflar as distâncias que separam pobres e ricos e os preconceitos que continuam a estigmatizar a diferença configurada pela cor da pele, pelo tipo de cabelo, por detalhes do corpo, contabilizados como marca de uma "inferiorização constante"[2].

Com fina ironia, o eu-lírico brinca com as disposições sociais que nos ensinam a tolerância e a passividade, observando que o risco de se aprender a "curvar a espinha" é acabar tendo de "comer os próprios pés"[3]. Outras vezes, fazendo da pele emblema de uma posição crítica diante dos fatos observados, esse eu se assume como sujeito de uma escrita que, atenta, registra o dia-a-dia vivido pela imensa população de excluídos, no Brasil. A cor da pele, que marca os mais excluídos entre excluídos, os negros e os mestiços, faz-se emblema da intenção participante de um sujeito que se nega a compactuar com o que vê:

*minha bandeira minha pele*

*não me cabe hastear-me em dias de parada*
*após um século da hipócrita liberdade vigiada*
*minha bandeira minha pele*

*não vou enrolar-me, contudo*
*e num canto*
*acobertar-me de versos...*
(Porto-me estandarte, p. 46)

De modo bastante contundente, alguns poemas, como "Porto-me estandarte", insistem no compromisso da poesia com dados concretos

---

[1] Professora de Literaturas Africanas de Língua Portuguesa e de Literatura Afro-Brasileira no Programa de Pós-graduação em Letras da PUC-Minas.

[2] A expressão foi tomada de verso do poema "Operação pente fino", p. 43.

[3] As expressões estão no poema "Trajetória quase inevitável", p. 30.

de uma realidade hostil que segrega e inferioriza, ainda que recursos de construção poética desestabilizem uma intenção meramente referencial.

Por vezes a palavra procura construir outros espaços em busca dos "mares temperados com africanas algas" e dos "orgasmos intensos de amanhãs possíveis", celebrados em versos do poema "Nação inusitada", p. 19. O erotismo faz-se impulso à transposição da dificuldade vivida em busca de espaços nos quais se possa sentir "o sereno prazer de ser", p. 32, e torna-se resistência à descaracterização brutal imposta pela sociedade aos indivíduos marcados pela discriminação e pelo preconceito.

Se, por um lado, fica transparente a intenção do livro de posicionar-se como resistência ao apagamento da voz dos excluídos – e o eu-lírico deixa claro ser daqueles "que cobram o leite derramado", p. 41 –, por outro, salienta-se uma feição metalingüística, o voltar-se da escrita para a exposição dos impulsos que obrigam o poeta a escrever e registram, no poema, as pulsações do mundo. Nesse jogo, os laços que ligam os versos a um referente externo tornam-se incentivo à construção de outras ligações que impelem os poemas a transitar por espaços nem sempre tão atentos aos clamores da rua. É o que se percebe em "Embate", p. 24, ou em "Tecnofobia", p. 25, ou mesmo em "Sexo frágil", p. 21, que, ludicamente, encaminham manifestações do erotismo, ainda que elaborem uma intenção crítica latente.

Na época atual, a literatura enfrenta crises intensas com relação à sua especificidade e às condições de circulação impostas pelas novas redes de mercado. Num mundo ressignificado pelo potencial das novas tecnologias, o fazer literário vê-se influenciado por formas de negociação e por tendências que, não sendo opostas, mostram-se às vezes em campos distintos. Registre-se a invasão dos textos midiáticos, mais sedutores e transparentes e a dificuldade de culturas – que, como a nossa, têm distâncias econômicas absurdas – em facilitar o livre acesso ao livro e à leitura. Acossada pela rejeição de muitos à visão do texto literário como produção fechada em si mesma, pouco propícia a ouvir os ecos da rua, uma outra feição da literatura assume um compromisso aberto com a realidade dura que povoa as páginas dos jornais ou os conflitos do mundo globalizado.

Essa literatura, que se quer atenta às questões da cultura, assume a palavra articulando-a com diferentes linguagens, propõe-se como um jogo que incita o leitor à busca de outros sentidos que se moldam fora do texto, nas redes de significação distendidas por ele. Uma visão de texto enquanto interatividade problematiza tanto uma função meramente comunicacional entre a literatura e seus leitores, quanto aquela que faz da escrita literária um simples jogo, que não almeja a nada mais além do seu próprio fazer.

Os poemas de *Sanga*, porque transitam entre vários espaços significantes, expõem a dificuldade de se pensar o texto literário fora da complexidade de seu próprio discurso. Fortalecem a proposta de que a literatura pode ser uma forma de resistência possível aos horrores impostos ao mundo. Optam por envolver o poeta com o mundo e suas grades e o leitor com "os luares tristes dos lupanares" e com "os olhares ensimesmados de crack", p. 71, com cenas da rua que se transformam em motivos de poesia. Por não conseguir desviar os olhos dessas cenas, o poeta fixa-as em seus versos, ainda que não desestimule a esperança e aposte em transformações:

> ........................
> *façamos auroras*
> *com nossas auras*
> *no horizonte*
>
> *sinceridades raras*
> *sayonarás pretos.*
> (Colo, p. 26)

Essa crença em mudanças se manifesta também no poema "Sedeusa", direcionada à celebração do amor e da mulher:

> *Vale navegar*
>
> *O céu em teu olhar*
> *Aflora luz e maravilha.*
> (Sedeusa, p. 27)

É instigante, todavia, o trabalho exposto nos metapoemas em que o poeta se debruça sobre o seu próprio ofício, procurando explicá-lo, talvez mais para si mesmo, pois a realidade fora do texto parece exigir um compromisso maior com o que se vê pelas ruas, "pelos guetos em guerra fratricida", p. 54.

O poema "Estética" é, nesse sentido, bastante sintomático de uma atitude que perpassa outras experimentações do livro. Ao trazer para os versos o contexto da escravidão e com ele rememorar os significados sociais do uso da escrita, o eu-lírico registra o ato de rebeldia que transgrediu leis e modelos, para conquistar a liberdade. Liberdade que o poema metaforiza, inclusive, no modo como ocupa o espaço em branco, desobrigando-se da severa observação de imposições gramaticais.

*quando o escravo*
*surrupiou a escrita*
*disse o senhor:*
*- precisão, síntese, regras*
*e boas maneiras!*
*são seus deveres*

*enxurrada se riu demais em chuva*
*do conta-gotas e sua bota de borracha rota*
*na maior despercebida enchente daqueles tempos*
*adjetivos*
*escorrendo ainda hoje*
*em negrito.*
(Estética, p. 77)

Em "Do ofício" registra-se o poder mágico das palavras que podem ajudar na construção de novos sentidos, desestabilizadores de lugares demarcados:

*poeta cozinha o galo em fogo brando*
*e sabe*
*que o inimigo feroz*
*tem fome*
*mas desconhece*
*os venenos*
*que das palavras fazem a carne apetitosa*
*tão macia*
*e letal.*
*(Do ofício, p. 78)*

O papel contraditório da escrita literária torna-se, ao mesmo tempo, referência a um trabalho que se faz em solidão, distante, pois, dos tormentos da rua, e o compromisso do poeta com as guerras nossas de cada dia.

Por outro lado, o trabalho do poeta pode evocar, às vezes, como se dá em "Poema", outras forças que também habitam a poesia:

*trabalho em transe*
*do coração à tez*
*overdose*
*e osmose*
*de lucidez.*
(Poema, p. 82)

Na escrita do poema, evidenciam-se os intercursos entre estados de lucidez e alterações de consciência que permitem ao poeta transitar por diferentes espaços. Um outro poema, "Momento poético", também se refere aos estados de ferocidade que se fazem impulsos à feitura do poema para alívio da tensão, transformada em motivo de poesia:

*uma tensão leão corcoveia-me nas veias*
*sol assanhado farofeia de luz a soleira*
*quem tiver barriga de versos*
*não creia*
*a juba amarela e brilhante incendeia*
*cães de pólvora soltos da coleira.*
(Momento poético, p. 85)

Fica evidente, no poema, a proximidade entre o fazer poético e as alterações que motivam esse fazer. As metáforas sugeridas pelas expressões "uma tensão leão" e "cães de pólvora" não deixam dúvida quanto à utilização de recursos poéticos que contaminam os versos com impulsos e forças não controláveis.

No livro, os poemas podem também ser entendidos por alguns dos significados dicionarizados da palavra sanga. Recuperam-se nele os sentidos de *dizanga*, do quimbundo, de *nsánga*, do quicongo, de *zanza*, do espanhol, significados que remetem o leitor ora às escavações que a chuva provoca no seio da terra, ora às modulações da água e à sua capacidade de assumir formas indiferenciadas, de expandir-se, sem controle. A força das palavras escava a memória a contrapelo, constrói uma poética que, insistindo no poder da escrita, aposta numa arte produzida em desassossego, buscando, como bem diz um verso do poema "Insight", p. 88, tirar "a máscara do equilíbrio".

O poeta bem sabe como é perigoso e fugaz o equilíbrio, mas também acredita que as palavras podem compor poemas indignados que desafiam as águas paradas e abrem frestas por onde a "...negrura exposta/tece vida/na resposta", p. 37.

# *AFAGO E FOGO*

Confete e serpentina
no peito por onde passa
a saudade assassina.

***DIZ, FARSA***

## ASSIMSIM

No mais, indo...
boa malícia-riso
por dentro se rio-rindo
macio macã de sombra
doçura com lua cheia

silêncio veludo noite
cometa no zigue-zague
mucosas que se agasalham
ternuras se colorindo
trajetos desajeitados
pipa sem rabiola
em chamas de chega-mais

às tuas curvas
muito belas
sonhos curvam-se
outros uivam
uvas musicais
e o faro faz gente
sentir na semente
o perfume da flor

o tudo ou nada
esquece e nada
em mares memoriais
à carícia entregue
trocando com as fadas
farpas do dia-a-dia
pelas cores das alvoradas.

## *À PRIMEIRA PISTA*

Chuvas intralabiais
deixam as pernas
bambas

sinfonias e sambas
se entrelaçam na festa

o coração
mestre-sala da febre
performance de beija-flor

umidescências íntimas
afloram os poros

o perfume que sobe
faz sabor em todos os sentidos.

MORALMORALMORALMORALMORAL
MORALMORALMORALMORALMORAL
MORALMORALMORALMORALMORAL
MORALMORALMORALMORALMORAL
MORALMORAL **ORA!** MORALMORAL
MORALMORALMORALMORALMORAL
MORALMORALMORALMORALMORAL
MORALMORALMORALMORALMORAL
MORALMORALMORALMORALMORAL

**AMOR**
**AMORA**

do macho nem tudo
é machismo
nem tudo de fêmea
feminismo

vela no hiato dos amantes
eufemismo

só incêndio ilumina
o abismo
entre mulher e homem
que se atraem
tropeçam
caem
um
dentro do outro
fazendo labirintos de afagos
beijos
mel
e absinto.

***AMORIDADE***

## NAÇÃO INUSITADA

em festa rodopiem os desejos
este beijo é mais
que o ensejo
de sexo

mundos em melanina se fundem no afeto
reencontro de rios perdidos
selvas
sagas
mares temperados com africanas algas
eletrizantes peixes pretos
e seus volts de memória
atávica

neste encontro de fontes
ontens em lábios-romã celebram
orgasmos intensos de amanhãs possíveis
e os deuses deixam-se os poros abertos
neste ir e vir
de ancestrais suores.

## SEDUÇÃO

Ondas carnudas
viajo-te
no céu da boca

o mar da tua fala marulha uma canção à baila
embalando e
entumescendo-me o falo

de soslaio pudores ocidentais doem
salto
mergulho-te em elipses crespas
vespas em carícias
silenciam malícias de mandamentos cristãos

caminho aberto
a paixão suaviza
com movimentos de afago e brisa

depois um ritmo alado nos leva
para a seiva de nossas raízes
que se entrelaçam
em um eclipse.

SEXO FRÁGIL

**e**
**r**
**e**
**ç**
**ã**
**o**
**erosão**

Não é tão-somente expressão do pênis
o coração do macho

nem luxúria
quando a saudade se insinua
desencaixa o eixo
a pele esquenta e sua
mar de luz aflora
rolam algas seixos
homem chora

afinidade é o nome
desta infinita aurora.

***TRANS...***

## *MARCAS*

Seria mesmo preciso
que a areia ficasse marcada para sempre
e teu passo indeciso
tempestade alguma cobrisse
em meu deserto

seria mesmo preciso
proteger o dente
do ciso
com a nossa inocência
e não se importar
se alguma criança
nos seguisse os passos.

*EMBATE*

Caminho a pássaros largos
ela na minha cola
cheia de pedras na sacola

vou pássaro a pássaro
ela nem me dá bola

aperto o pássaro
ela chora
e sem pena
me enxovalha
prende-me na gaiola
e me acaricia
com sua navalha.

## TECNOFOBIA

agora que só há um email da gente se ver
abraço o monitor
acaricio o seu traseiro
brinco
esperando a retribuição do toque

depois de me envolver em seus fios
e cios
levo um tremendo choque.

**COLO**

Não há de ser nada
essa onda de nada que ronda
ronronando
como a querer carinho
mas pronta
com suas armas de ponta
a despedaçar o ninho
desta ternura amanho sendo no peito

nem tudo será mágoa e eterna miséria
em torno
dos cornos da besta
para que ela sifo!
por mais que se enfureça

vem
tudo será tudo
festa em doce abraço de circulação de astros
e a força
da raiz africana
de todos

façamos auroras
com nossas auras
no horizonte

sinceridades raras
sayonarás pretos.

## *SEDEUSA*

Teu lábio é um mar
disfarçado em ilha

por onde se chega
o mistério
instiga

vale navegar

o céu em teu olhar
aflora luz e maravilha.

## NEGRINTIMITUDE

O que há de mais sólido
e volátil
é esta salutar solidão
de extrair do próprio peito
o calor e a luz
ante o inverno e as trevas

seiva destilada
entranha das entrelinhas
rosa reincarnada
em alga marinha
recompõe o passado
essência do escuro
em uma dança comunal que ensina
ser o outro
nosso maior tesouro
no abismo

ela é o elã da leitura
de nosso hieróglifo
grafado em ritmo pelos tambores
na caverna dos segredos mais íntimos da magia

é quem todos os dias
nos alimenta
com labirintos e poesia.

# *VIAS-AFRO-VEIAS*

## TRAJETÓRIA QUASE INEVITÁVEL

Para subir
há os que
de tanto curvar a espinha
aprendem a comer os próprios pés

uma vez no topo
repentino espelho
é hora de descer
recolher o coração pisoteado
as marcas do caminho
ou se atirar a esmo
para o suicídio dentro de si mesmo.

## TRINCHEIRA

falaram tanto que nosso cabelo era ruim
que a maioria acreditou
e pôs fim
(raspouqueimoualisoufrisourelaxoucanecaloucuras)

ainda bem que as raízes continuam intactas
e há maravilhosos pêlos
crespos
conscientes
no quilombo das regiões
íntimas
de cada um de nós.

Preto de ser querendo
no mais íntimo
no mais ótimo
o sereno prazer de ser
o coração da própria sombra.

**_SEMOGUIANA_**

## *VALOR*

Não valeu à pena
corromper o silêncio
e a cor marrom

segredos valem
quando calam
os mais doloridos calos
e nem o choro
tem som

aí é ouro a força
o touro voa
como gavião.

### *BRANCAR-SE*

Parece feito um não se sabe absurdo
este vazar-se em claro
parto com muita dor de negar-se

e quando nasce
(placenta só)
este comer com molho branco
a ausência de identidade.

## *IMPASSES E PASSOS*

algemas do pão e do circo
e seu cotidiano cerco
nas investidas do sonho

há um sono coletivo produzido em gabinetes
sono sem sonho
overdose de nuvens brancas trotando trêfegas
esporas reluzentes
sobre nossos corações

e sempre nos perseguirá a pergunta:
quem dentre nós tem mais de trezentos anos
e esconde ruínas de quilombos
dentro do peito?

mastigaremos o silêncio ainda por muito tempo
no caminho de
volta
para o grande lar
que já não temos?

no trajeto o enfrentamento
com as sereias e suas meias palavras
sussurradas ao vento
laços sedutores
para o nosso enforcamento

politicamente incorreta sempre
a orgia das correntes
nosso medo balbuciando morte
em conta-gotas de sambas e serpentes

de repente
escorpiões encalacrados nos tornamos
apesar de sorridentes
sem disfarce
o que em face do desprezo se acende
contra o nosso o próprio veneno

o "eu" se deita sobre o feno
negaceia o nós em movimento
nó da garganta se desata para dentro
ecos se afogam no lamento

o sol renitente ressuscita
a vida
de tocaia nas veredas

toco em brasa
pergunta crepitada
permanente e fecunda
rola
pelos glóbulos pretos
infectados de medos e rancores:
- quem de nós tem mais de 300 anos
e guarda o fogo dos quilombos
como fundamento?

silêncio em alguns de nós incandescente
fim da esperança viciada no cinismo
nosso ser
em cactos consciente

horizonte e sua língua de arco-íris
somos
depois da chuva
o próprio amanhecer.

## *CULTURA NEGRA*

ariânico afago
na suposta acocorada
afroinfância literária

nossa cor sim
e não
reelabora elegbara

orixás não tomam chás de academias
tampouco em mídia sui-seda
cedem

poema de negrura exposta
tece vida
na resposta
abrindo a porta enferrujada de silêncio

explodem
coices
o boi e o bode
entre folclóricas nuvens e teses
de negrófobas carícias

alvos a-tingidos desesperam
em busca de tambores
ritos
puros mitos
em águas paradas
de poemas pardos
que lhes salvem da chuva de **negrizo**.

## ZUMBI OR NOT ZUMBI

*(ao negro de alma branca)*

Permanece encasulado
até que as labaredas cheguem
de teu refúgio
façam fumaça
e alguém diga: coitado!

nem penses o fogo te vindo ao longe
marchando brasas
em horizonte raivoso

não! é dentro que nasce
suave
do mais íntimo da tua sombra
aí
onde o pavio incandesce em risadas
tua coragem quilombo

por hora continua no teu casulo
ruminando ruínas
afugentando marulhos
dessa tua travessia
em que és barco
e prisioneiro acorrentado no próprio porão

a ilusão é branca
e te abraça por todos os nadas
por mais que faças
no uso de tuas máscaras

ao despertares ao som
- zumbiiiiiiiiiiiiiiiiiiiiiiiiiiiiiiiiiiiiiiiiiiiiiiiiiiiiiiiiiiiiiiii...
não te assustes
é o saci
caminhando com as duas pernas sobre as águas
apesar dos tubarões
e suas fúrias afiadas
na luxúria no teu medo

um dia darás o primeiro passo
sem afundar

teu coração no horizonte
um sol de inverno
espera
a primavera.

ebó de carandirus e candelárias
e nenhuma lágrima de criança cheirando cola.
ódio só!
transformado num sol cheio de pontas

não há terço que nos resolva essas contas

dos ovos de colombo as aves de rapina **_STOP_**
em excesso de crimes democráticos
paz é piada
em gargalhada de chacinas

simplesmente falta
o direito do escravo
cravar o seu senhor na cruz
e chamar os urubus.

## *MAMICE*

Sou daqueles
que cobram o leite derramado

vovó que não era vaca
morreu seca
e seus bezerros brancos
agora touros desmamados
ainda procuram
tetas
para seus rebentos viciados

sou daqueles
que cobram o leite derramado
e não aceito esmola
do que me foi roubado.

## PANE

Quando dá um branco
em um negro
não há moreno que salve
nem mulato que apague
o lixo que vem contido
nesse medo antigo
de escravo

salve-se!
é a voz do *zumbigo*
mostrando no avesso a força que não se espera

quando dá um branco
em um negro
a consciência escorrega e desespera.

## OPERAÇÃO PENTE FINO

Muitos cortaram careca
escorregaram na gosma de inúmeros alisantes
ou se acariciaram com ferro em brasa sobre o couro
cabeludo

outros até à nuca
desesperados se cobriram
com as cavalares
perucas

e não adiantou nada
por mais lucro havido
na indústria de cosmético

jamais o racismo
mesmo com seu riso químico
será ético

neste comércio
nutre-se
da inferiorização constante e seu complexo.

## PASSAGEM

de repente chegou o vento, água e fúria
e eu fui o dilúvio

depois a lua brotou
cheia
no céu do susto
quando fui o lobo e seu uivo
até que ela escorresse e
poça de luz
eu pudesse
saciar minha sede
amanhecer sempre antes do inimigo
e tocar
este atabaque incrustado no umbigo.

### *ARREMESSO*

foi preciso
mergulhar a qualquer custo
a qualquer preço
e sair ileso
para além dos becos
mesmo que seus ecos
viessem no meu encalço.

minha bandeira minha pele

não me cabe hastear-me em dias de parada
após um século da hipócrita liberdade vigiada
minha bandeira minha pele

não vou enrolar-me, contudo
e num canto
acobertar-me de versos

minha bandeira minha pele

## *PORTO-ME ESTANDARTE*

fincado estou na terra que me pertenço
fatal seria desertar-me
alvuras não nos servem como abrigo

miçangas de lágrimas
enfeitam o país
das procissões e carnavais

minha bandeira minha pele

de resto
é gingar com os temporais.

## *TEORIA*

grilhetas científicas sempre insinuadas
contra quem
acabou de nascer

nzinga ou chacka reencarnado
missão genética
de efetuar vingança
do povo escuro contra os cara-pálidas?

grilhetas científicas sempre insinuadas
para manietar o sol
e conter as ameaças.

## *ENTRAVE*

difícil educar a piedade que nos humilha
a nos ilhar
e surpreender
com suas armadilhas

o passado traspassado no peito
incitação ao fogo
desta antiga dor que insiste e canta
trabalha e dança
e nos embala à noite

difícil educar a piedade que nos humilha
e no sonho
ameaça ou caça
os mais pueris desejos
de ser
felizmente negro.

## BELOHORIZONTANDO

Chego em cima da aurora
sacudindo as estrelas do pêlo
às margens metáforas
lançam para fora memórias
de outras tantas viagens
novelas quilombos
novelos

muitas praias me afloram
na ida e na chegada
que em todo lugar tem mar
trazido por ancestrais
deixado pelas estradas

minas de amores nos poros
montanho saudades várias

peço a deus que
proteja
nosso arsenal de histórias
contra tantas misérias

a trote sonho navios
relembro sentidos vários
congado de ferro fundido
tutu de sonhos abrigo
chico rei é quem eu sigo
no meio de tantas pedras
e oceanos lacrimais

então galopo em meu sangue
a noite parida em raio
lasca de diamante
da negra minas gerais.

brancaranha tece farpânsias
contra o girassol
no meu céu da infância

primeiro vislumbre do pelourinho:
dentes de leite à sombra dos martelos

depois do sol a sol e suas facas
a escuridão coada em cabelos crespos
lava-nos a alma
de sua brancura espessa
estupidez
medo

tudo docemente negro
para decifrar os gritos
e suas garras em negrito
sangue nas paredes
das entranhas de granito

## ***O CALABOUÇO DA TERNURA***

o soluço abafado
viagens sobre água
emergem o abismo
a pedra lascada
fogo
forja
machado
lança
picareta
pá
enxada
mãos doídas de palmatória
abertas para o futuro
chão semeado
de miséria e vícios
na sarjeta o destino
argumentos peçonhentos
acadêmicos e cínicos

lirismo de mulambos em vitrines feito exemplo
escancaramos a janela
das rugas e chagas do que não foi narrado e
lá está a cabeça de nossa gente sobre a estaca
pelos algozes festejada
com sinfonias
neves
nozes
ejaculações de lama

em meio à podridão de arquivos
invocamos a chama:
arquétipos redivivos na luz

quando risada somos
palavra
arma e alívio
tutano

e do fim para o começo reagimos:
não aceitamos o veneno
mesmo que seja preto

dragão enfurecido
fumaça
pragas e mágoas em brasa
palavras embrutecidas
a verdade é quem nos brinca
as unhas finca na inocência falsa
sem farsa para encobrir a podridoce
racial condição neste calabouço

a hipertensa morte prematura e seu vírus na circulação
do sonho
íntima contenda trava
com este pleno equilíbrio alcoólico
de um assombro rubro

o corpo exercitado em ginga
vinga neste cais a harmonia
*da uterorigem* e seus mananciais

fel no incontido mel
untamos os feridos
nesta guerra invisível
onde só a solidariedade nos vale como abrigo

juventude de todas as idades
em nosso estandarte
zumbi
joão cândido e seus canhões guardando estes mares
onde versos milenares afloram
correntezas súbitas

e assim nos lançamos em búzios
*ludificamos* ferramentas
colares
marés
neurônios
músculos
e o fogo *exusíaco*
venta coreografias
raia
troveja enigmas de novos saltos

vêm os panos-da-costa
e os trapos todos
para encobrir este abandono
e fazer a camuflagem
para o despertar deste sono coletivo de réptil

a humanidade
criança velha de um novo século
ainda tanto chora
que entoamos o acalanto
mesmo não tendo trégua.

# *NOSSO TEMPO*

## CRUELDADE

é com sutileza
que se condenam crianças
à morte pela fome, drogas e outras múltiplas violências

é com fineza
que os políticos dizem: estamos estudando o assunto
a abarrotam seu lixo com os projetos
de fraternidade e justiça

é até com beleza
que a mídia enfeita as cruéis idéias
que lhe mantêm a posição
de quarto poder
subjugado pelo poder único
do dinheiro

é com palavras doces
que os empresários demitem milhares
e em seus lugares
colocam algumas máquinas
é com afagos
que os ricos dizem aos pobres:
- não sejam radicais!
que os brancos dizem aos negros:
- não sejam racistas!
os homens dizem às mulheres:
- deixem de ser sexistas!
e depois disso
metem-lhes as esporas burguesasbrancomachistas

decoro nas relações e violência até os dentes
e a velha revolução pelas esquinas
inconsciente
assalto à mão armada contra inocentes
ou pelos guetos em guerra fratricida

o poema espuma indignação
e tem acesos de ira
que a página teme pelo incêndio.

## *INVERNO AQUECIDO*

Um quê de cigarra
no silêncio da formiga

contra a violência velada
impedindo que se prossiga
o poema com sua navalha
faz-lhe um talho na cara
já no início da briga

se a fala na sala
veio causar ojeriza
incomodado se mude
vai-se tocar na ferida

um porquê de cigarra
no silêncio da formiga

o rubor da vergonha
ante a alegria dos pobres
e a consciência política
só pode lembrar
que a riqueza é miséria
moto-serra por dentro
em febre suicida

um laroiê de cigarra
em pai-nosso de formiga

céu de permeio
sonho
e só o medo de ser se péla
de mastigar nuvens
respirar estrelas
pelas veias fluir cometas e sair desta
apologia do nada
a se fazer intriga

em noite calada acende-se a luz:
um buquê de cigarra no incêndio que formiga.

## *VINGANÇA*

Ao bicho
impediram o sol

no prato
o coice

colesterol.

## SONDAGEM

Saudades do século xx
quando o pensamento podia
beber dia após dia
o imaginário das esquinas
crepúsculos com vitamina
e restos de guerra fria

depois agiotas no comando
nos olhos venda
infinito em coma
a vida esquema
de consumo

óleos nos controles
precisos
o mundo é megabyte
o tempo é bit
por fora riso
imenso grito
adentro

*hecatombegames* contra os que ficaram
fora do nicho
sob o esguicho de sangue
angariando cruzes
para enfeitar os pânicos

saudades do século xx
e sua dor que se alimenta
da história que se condimenta
com nadas bíblicos
de final dos tempos

*globalilusões* liberais
o viver por um tiro
cresce o buraco branco
onde a utopia exala
seu último suspiro

retido
o poema
no pó de tantos séculos
iluminadas paixões
e poeira atômica
internaliza
a nota última
que agoniza
reorganiza a vida
e lança
a flor do anti-guerras
contra o peito de nostradamus.

a saudade saúda-me
de onde jamais fui

o nunca mais
devora o fígado de um prometeu
pregado na cruz

porque saber da grandeza
não devíamos
tão minúsculos nos escombros do fiat
em vão sonhamos não ser

a mania de ser deus
nos adoece de verdade e mata
com indeléveis cuteladas de mentiras

## *METEORO RITUAL*

o cosmo cospe em
nosso rosto
um gospel de imensidão e mistério
e a contragosto
recolhemos um réquiem
inflamado por sofrimentos pueris

o onde não fui flui
abismos
a saudade se dilui
gravidade não me atrai
e posso
levitar com as risadas
colher e replantar dúvidas na estrada.

## ***CÓDIGO***

ligar para um amigo e dizer como vai
ir com as amadas para a cama do sempre mais
que abre as estrelas em carnaval
e entregar, sorrindo, uma flor ao vizinho...

mas só o nada é possível sob o sol
neste dia  em que morreu muita gente
à toa
para que o medo reinasse como um furacão nos caminhos

trucidados mais de 100 em ataque a um campo de
refugiados
25 sem-terras repentinamente sem vida
18 turistas gregos fuzilados
43 vítimas em hemodiálise
a fome abre crateras na infância
o medo invade pelas frestas

há o desejo de vomitar desilusões ao vento
dormir
e acordar
com o botão da próxima guerra
entre os dedos
e os íntimos segredos dos 10 mais  poderosos do planeta

vingança fatal
ódio-lúcifer contra o arsenal
e tantos quantos mais 10
até o poder se instalar
com a leveza da flor
e a dor apenas
se chamar céu...

vômito de mitos, poeta!
desilusões são de pedra
e a hidra
instalou seus ovos
nas feridas
de todo coração.

## UM CENÁRIO DE SÃO PAULO

a revolta de teus rios
sob o asfalto
sussurra enchentes
ao sol gangrenas industriais
e um desespero
pela invencível saudade dos peixes

a pressa em tuas artérias
como as gorduras
gera infartos

és muito mais que o possível pensado
pensar-te é difícil em toda parte

és várias
nenhuma capaz
de entregar-se

velhas pompas cafeeiras ainda ululam nos cemitérios
balões de prosas
mortas
e vãs vanguardas européias

fumaças de venenos pútridos
internacionais
cobrem torrenciais o teu céu

a hipocrisia da pior espécie
dissolve em shoppings a dor das favelas
e argumenta ungüentos
para as chagas de periféricas chacinas semanais

sem pop
agora é o hip-hop
na voz dos descontentes
vida zumbivívida
afrodescendente
esperançosos parques a florescer os domingos
prometendo em primaveras
dissipar os espinhos

no teu circuito das águas
todos somos marginais
e assaltamos nos faróis a alegria de viver
dopados de consumo
e a dose diária do urbano pavor

com os braços colossais
de envergonhada ternura
ainda acolhes migrantes nos repletos terminais

cheias tuas cadeias ruminam motins
e enquanto te distrais (feiras, teatros, torcida organizada
ou fórmulas um)
explodem os latins
e as reacionárias veias
dessa justiça podre
lenta e flácida em togas de festim

e há bandeirantes loucos
esmeraldas nos olhos injetados de coca
crack e muito mais
com a guerra do marketing
transformando em deserto mesmo as selvas pessoais

aos teus nobres morumbis
corações pagam pedágio
a cada passo em falso pelas mãos de charlatões
ou rebeldes se arrastam
(weekend ou feriado!)
por diversas rodovias
onde está o mar?
onde está o verde?
onde estão as utopias?

imensa e frágil, pobre cidade
no teu seio profundo
em plena valentia
copulam as mais antigas contradições do mundo.

## *SEXO FUGA*

grande o mundo
e suas grades

coitos:
embates
recriando o útero
o primeiro e único.

## *COTIDIANÊMICO*

Cara couraça cara
cotidiana

ouro sonhado
pé no vazio
em volta lama

couraça cara cotidiana
tiro pela culatra
em afiadas lâminas.

## *BOTE*

Aos que ainda caçam
escravos
meu cuspe de desacato
e o fogo de fato
a derreter os abismos

chego ao coração do
suicídio
e não me mato
liberto noites repletas de gatos
e salto
com sete vidas
afiadas unhas
na jugular dos palhaços.

## AMBIÇÃO

Onde a dor impõe sua cara
raras vezes o ser não se depara
diante do túmulo de bens e sonhos
ira do consumo

onde ter é tara
raras vezes a dor não impõe sua cara.

## *LOBOS*

fundamental é a fome

que o outro esteja fraco
e só
para a alcatéia
uivar de felicidade
saciar-se
sobre o sangue sonhar muitas luas.

## ORFANDADE

a qualquer momento sobe inunda e cega
o velho remoçado ódio

orgulho e vaidade o movem
e o fundo de pavor cósmico

tornando menos
ansiando o melhor de nós mesmos
vamos tateando a esmo
via satélite
onde estarão as estrelas do aconchego.

## *IMPRUDÊNCIA*

deixar-se corpo
ao deus-dará
e depois se queixar de seus demônios.

dói o irritado cio do ruído
da solidão roendo a quietude

dói a dispersão do que somos
visivelmente à deriva

num átimo a solidão se reativa
e silencia o cascalho
que chove nas madrugadas.

# *MOMENTO SOB A FALA*

## *POSTAR-SE*

luares tristes dos lupanares
gatos do gueto
não comem ratos graúdos

caminhos mal traçados
nas vertentes dos
olhares
ensimesmados de crack

um dia nasce a lua cheia de garras
e mata ratazanas do espelho.

## ACALANTO

Chorar é mais bonito

toda perda
é uma herança de umbigo.

# *DOBRADURAS*

de poeta para poeta
a eterna teta
e a meta
de após
cumprir o matricídio.

***TRADIÇÃO INFAME***

## *UM FATO*

Há poetas negros
cujas palavras
tão alvas
na página se confundem
com o fundo.

## *INVERSÃO DO OFÍCIO*

As entranhas à voracidade dos abutres
aprender sua ladainha crocitante
como tarefa estética dopar o próximo
para que enxergue os tais
como pardais
ou mesmo
dóceis pombas da paz.

## ESTÉTICA

Quando o escravo
surrupiou a escrita
disse o senhor:
- precisão, síntese, regras
e boas maneiras!
são seus deveres

enxurrada se riu demais em chuva
do conta-gotas e sua bota de borracha rota
na maior despercebida enchente daqueles tempos
adjetivos
escorrendo ainda hoje
em negrito.

## DO OFÍCIO

Poeta cozinha o galo em fogo brando
e sabe
que o inimigo feroz
tem fome
mas desconhece
os venenos
que das palavras fazem a carne apetitosa
tão macia
e letal.

*LIVRO*

Constante espera
silêncio
poeira

curto-circuito
milagre
luz
fogueira.

desejo de um texto
mergulhar nos olhos da alma
e devolvê-los
mais vivos

inquietação e verso
que a minha gente
está de óculos escuros
e possuída
pela alma branca.

***EXORCISMO GRATUITO***

## *CARTA*

Antes de tudo
casulo
marulho contido

depois
num pulo
asas coloridas
abrigo.

**POEMA**

trabalho em transe
do coração à tez
overdose
e osmose
de lucidez.

## *POÇO*

Por entre as dobras
de inúmeros negrumes
profundos

de si mesmo
o sumo
coletivo

céu

miçangas de estrelas pretas
festa
em silêncios constelares
séculos adensando as veias
palavra
tessitura
teia

primeira e última
ceia.

## PROCESSO

Pelo raio
o poema
vaginasce
flor que se abre
nos grandes lábios
da página

pelos olhos reacende
o clitóris.

## *MOMENTO POÉTICO*

Uma tensão leão corcoveia-me nas veias
sol assanhado farofeia de luz a soleira
quem tiver barriga de versos
não creia
a juba amarela e brilhante incendeia
cães de pólvora soltos da coleira.

menos se espera
escapa
do pêlo espesso
escuro
com que é feito
dentro
o nosso muro

e pode o sol sair no seu encalço
em meio às trevas turvas
o fugitivo afronta
monta-lhe o dorso
espora
sem expor o rosto
até sangrar poente

quando a dor se espalha
e de crepúsculos molha
a consciência
não há mais lucidez a ser domada
só o cavaleiro e seu mistério
sendo caminho e caminhada

assim que a noite abre suas pétalas
o perfume exala
o ser repousa

então estrela preta
o cavaleiro salta do céu da boca
sobre a página pousa

lá se vai nossa armadura barroca

menos se espera
na densa floresta adentro
some
ao encontro de nossa infinita fome.

***MANIA DE POEMA***

## *OFICINA*

escavo memória de escravo
quando escrevo
e elejo a mais bela flor
das fugas
de tanta dor sofrida
ao sol

o cravo
será sempre vermelho
na lapela deste riso solto ao vento
e seu perfume
leve como vôo de ave
desenhando futuro no pôr-do-sol.

## INSIGHT

Arte é perigo

a todo momento
tira a máscara do equilíbrio.

Nossa é esta saga desenhando o silêncio em cores
rebeldia e incenso

ainda que as batalhas
tenham talhado de tão-somente vermelho
lembranças de mar e terra
nosso é este futuro entre luz e sombra
este alto-relevo telúrico
agigantando-se no esboço de todas as madrugadas e
no mosaico das tardes

em ondulação muscular galopam as tintas
ao comando de corações pensantes
enquanto gritos vão-se fazendo cantigas sábias
de ninar a memória e seus pincéis incandescentes

se ácidos céus de aço abafam a singela respiração onírica
um afro horizonte reabre seus vitrais
oxumarescendo a vida

***OFÍCIO DE FOGO E ARTE***

nos cios dos séculos
banzaram aguadas lacrimais de anil
agora a mais sutil semelhança epidérmica da história
é linha que realça o elo
do mistério
ousadias de gingar o belo e semear vagalumes sobre as
telas

oceânica
esta energia coletiva extrapola a cena de naturezas-mortas
transfigura a moldura
colore a parede branca
e mergulha em vários planos a perspectiva de seus vôos

verdeamarelas garatujas velhas ranzinzando a liberdade
a mão infinitiza em multiplicidade cromática, pele e
paisagem de sobejos desejos

tudo se emprenha de um incessante movimento
vários tons de melanina e a pulsação de um ritual aceso.

## ANTÍMITO

Vate
vá te encontrar
que as musas morreram

o hades é um esgoto a céu aberto

eros e tânatos
fazem amor no pântano

zeus se escafedeu
nos planos e pânicos de governar o olimpo

vate
vá te tratar
com novos deuses, cânticos
âmago de prometeu e...

orfeu! eu não te disse?
foi tudo traição de eurídice.

## *SANGA*

Neurônios adentro
vão-se as palavras tecendo a vida e a morte

alaga-se o espelho de riso e lágrima
onde a escuridança celebra o mistério e a bonança

o sol nada com sua avidez de sombra
até que docemente ungido
se permite o orgasmo e alcança
a noite pelo seu íntimo

untados os raios com abissais carícias
de bronzeada a luz enegrece
transformada em toque e delícia
por entre as pedras
abrindo atalhos e sendas.

## O AUTOR

**Cuti** é pseudônimo de **Luiz Silva**. Nasceu em Ourinhos-SP, a 31.10.51. Formou-se em Letras (Português-Francês) pela Universidade de São Paulo, em 1980. Mestre em Teoria da Literatura pelo Instituto de Estudos da Linguagem – Unicamp (1999). Doutorando na mesma instituição. Foi um dos fundadores e membro do Quilombhoje-Literatura, de 1983 a 1994, e um dos criadores e mantenedores da série Cadernos Negros, de 1978 a 1993.

## OBRAS

*Poemas da carapinha.* São Paulo: Ed. do Autor, 1978.

*Batuque de tocaia.* São Paulo: Ed. do Autor, 1982 (poemas).

*Suspensão.* São Paulo: Ed. do Autor, 1983 (teatro).

*Flash crioulo sobre o sangue e o sonho.* Belo Horizonte: Mazza Edições, 1987 (poemas).

*Quizila.* São Paulo: Quilombhoje, 1987 (contos).

*A pelada peluda no Largo da Bola.* São Paulo: Editora do Brasil, 1988 (novela juvenil).

*Dois nós na noite e outras peças de teatro negro-brasileiro.* São Paulo: Eboh, 1991.

*Negros em contos.* Belo Horizonte: Mazza Edições, 1996.

*Um desafio submerso:* Evocações, *de Cruz e Sousa, e seus aspectos de construção poética.* Campinas (SP): Unicamp, 1999 (dissertação de mestrado).

*Sanga.* Belo Horizonte: Mazza Edições, 2002 (poemas).

## CO-AUTORIA

ALVES, Miriam; XAVIER, Arnaldo; CUTI [Luiz Silva]. *Terramara.* São Paulo: Ed. dos Autores, 1988 (teatro).

LEITE, José Correia; CUTI [Luiz Silva]. *...E disse o velho militante José Correia Leite.* São Paulo: Secretaria Municipal de Cultura, 1992 (memórias).

ASSUMPÇÃO, Carlos de; CUTI [Luiz Silva]. *Quilombo de palavras.* Franca: Estúdio MIX, 1997 (CD - poemas).

## TEXTOS EM ANTOLOGIAS

*SOL na garganta.* São Paulo: Ed. dos Autores, 1970 (2 contos).

CUTI [Luiz Silva] (org.1-5); QUILOMBHOJE (org.6-23). *Cadernos negros 1 a 16 e 18 a 24.* São Paulo: Ed. dos Autores, 1978-1993; Quilombhoje/ Editora Anita, 1995-1998; Quilombhoje, 1999-2001 (poemas e contos).

COLINA, Paulo (org.). *Axé: antologia contemporânea da poesia negra brasileira.* São Paulo: Global, 1982.

QUILOMBHOJE (org.). *Reflexões sobre a literatura afro-brasileira.* São Paulo: Conselho de Participação e Desenvolvimento da Comunidade Negra do Estado de São Paulo, 1985 (ensaio).

CAMARGO, Oswaldo de (org.). *A razão da chama.* São Paulo: GRD, 1986 (poemas).

ALVES, Miriam; XAVIER, Arnaldo; CUTI [Luiz Silva] (org.). *Criação crioula, nu elefante branco.* São Paulo: IMESP, 1987 (ensaios do I Encontro de Poetas e Ficcionistas Negros Brasileiros, SP, 1985).

DUBOC, Julia (org.). *Pau de sebo*: antologia de poesia negra. Brodowski: Projeto Memória da Cidade, 1988.

CAMARGO, Oswaldo de. "Antologia Temática". In:_____. *Negro escrito.* São Paulo: IMESP, 1988 (poemas e conto).

AUGEL, Moema Parente (org.). *Schwarze poesie - Poesia negra.* Tradução por Johannes Augel. St. Gallen; Köln: Diá, 1988 (poemas em alemão e português).

WILMS, Anno (fotografia). *Ismael Ivo - Körper und tanz.* Tradução por Aristides Barbosa do poema "Vínculo", de Cuti [Luiz Silva]. St. Gallen; Berlin; São Paulo: Diá, 1990 (poema em português, inglês e alemão).

LEHMANN, Reinhardt (Redaktion). *ad libitum Sammlung Zerstreuung.* nr. 17. Berlin: Volk und Welt, 1990 (poemas em alemão).

BERND, Zilá (org.). *Poesia negra brasileira.* Porto Alegre: AGE; IEL; IGEL, 1992 (poemas).

AUGEL, Moema Parente (org.). *Schwarze prosa - Prosa negra.* Tradução por Johannes Augel; Marianne Gareis. St. Gallen; Berlin; São Paulo: Diá, 1993 (contos em alemão).

ROWELL, Charles H. (edit.) *Callalloo – African Brazilian Literature: a special issue, vol.18, n. 4.* Baltimore: The Johns Hopkins University Press, 1995 (entrevista, contos e peça teatral, em português e inglês).

ROWELL, Charles H. (edit.) *Ancestral House.* Colorado: Westview Press, 1995 (conto em inglês).

JATOBÁ, Roniwalter (org.). *Trabalhadores do Brasil: histórias cotidianas do povo brasileiro.* São Paulo: Geração Editorial, 1998 (conto).

SILVA, Jônatas Conceição da; BARBOSA, Lindinalva Amaro (orgs.). *Quilombo de palavras – a literatura dos afro-descendentes.* Salvador: CEAO/UFBA, 2000 (poemas).

FONSECA, Maria Nazareth Soares (org.) *Brasil afro-brasileiro.* Belo Horizonte: Autêntica, 2000 (ensaio).

## Índice alfabético de títulos

Este livro foi composto em tipologia
Century Gothic corpo10/12 e reimpresso
sobre papel Offset 90g/m² (miolo) e
cartão Supremo 250g/m² (capa),
no outono de dois mil e sete.